令和川柳選書

記憶の欠片

山内美代子川柳句集

Reiwa SENRYU Selection
Yamauchi Miyoko Senryu collection

新葉館出版

令和川柳選書

記憶の欠片 ■ 目次

令和川柳選書

記憶の欠片

Reiwa SENRYU Selection 250
Yamauchi Miyoko Senryu collection

第一章 昼の月

サイレンにパジャマ姿が勢揃い

算盤を弾き患者を様で呼び

日本人世界のマグロ食べ尽す

置き手紙勝手な事が書いてある

真夜中に丸めた紙が背伸びする

関係者以外は見ない正誤表

顔と骨つけた魚が嫌われる

一時間並びコアラのお尻みる

風景を切り取る画家の確かな眼

思い出は明るい色で重ね塗り
ヒーローは攻撃かわし生きのびる
亀なりの考えがあり甲羅干す

あとで来たヒト科が地球打ち壊す

手のひらの汗が教えるプレッシャー

宿題に知恵熱親が先に出す

正直に欠点指摘しけになる
滑らせた言葉ひとりで歩きだす
奥の手をすこうし見せて引き止める

今日は勝つ呪文百回飲みこんで

どなたにも会わせてみせる霞草

鑿の音無口な父の子守唄

和気藹藹イエスマンだけいる会議

汗をかく仕事を嫌い昼の月

つちくれがやっと茶碗の形になる

白桃に触れて傷跡深くする

旅立ちの荷造り急かす曼珠沙華

鉛筆の芯はゆっくり尖らせる

消しゴムで消える輪郭ばかり書く

退屈な話だ嘘はないらしい

核心に入り酸素が薄くなる

まっすぐで不器用だから暖かい

道具だけ揃え上達しない筆

成長のあかしかきつい口答え

会う度に自慢話がでかくなる

美しい人の意地悪目立たない

反抗期まずはピアスで様子みる

仲の良い兄弟を裂く遺言書

金の鯱四季折々の花に酔う

ゆっくりと歩くと見える草の花

青りんご心の綾が掴めない
末っ子に心を残し旅仕度
向日葵の明るさ心動きだす

反抗期他人の顔で親を見る

御機嫌に切り出せないでいる話

無免許の医師はやさしく親切で

使えない免許ばかりをとりたがる

千羽鶴平和の祈り折り畳む

冗談に楷書の顔が受け答え

ばあちゃんの井戸端ネット侮れぬ

初対面国の訛りに打ち解ける

穏やかな加齢最後にありがとう

愛国心十人十色それでよい

新しいスタート目指し取る免許

反対も賛成もせず眼が責める

火の車下方修正出来ません

日記帳白いページは炙り出し

飛躍する話に脳はショートする

健康をサプリメントが阻害する

誉める箇所片目をつむり探し出す

耐震工事見積もり中に来る地震

団塊の世代静かに背広脱ぐ

花の苗なめくじ二匹連れてくる

微温湯が判断力を鈍らせる

コショウ味のガムは噛みたくありません

伝言をすこうし変える思いやり

百歳が老後の資金貯金する

オバさんはメールの後に電話する
正直な人に思える楷書文字
冷え切った二人に通う静電気

コーヒーの香りのしない喫茶店

紛争のまん中いつも星条旗

有事法日本スッポリ米の基地

核放棄隗より始めよ星条旗

フセインは悪いブッシュはなお悪い

壊さなきゃ復興支援いらぬのに

イラク派兵安全地域どこにある
京都議定書病める地球に救いの手
九条にタカの羽毛がまといつく

民営化孤島のポスト青くなる

核を持ちあの国の核気に入らぬ

年金未納みんなで渡る金バッジ

消費税内税にして目くらまし
普天間は日本の国でないらしい
増税はしません控除外すだけ

Reiwa SENRYU Selection 250
Yamauchi Miyoko Senryu collection

第二章
いわし雲

地球博がまん大会兼ねている

心してかかる相手は宇宙人

敬老日年金減らす通知くる

温暖化紅葉まつりが十二月

排気ガスたっぷり吸ってウォーキング

泣きながら大笑いする笑いヨガ

水森かおり元気に唄う失恋歌

保険屋と同じ匂いのケータイ屋

札束で足の長さと立ち向かう

二番手が振り向く度にでかくなる

朝焼けが西の空から始まった

足し算の健康法で悪化する

最高気温知ってよけいに暑くなる

ひょっとこのお面転がる祭りあと

大安はフル回転の手術室

過去形の話で前へ進めない
落石注意書きっぱなしの土木省
私生活隠し謎めく人となる

耳に栓世間を丸く生きている

出来悪い作品ばかり誉められる

広告欄増えてペン先鈍くなる

落丁のページよけいに見たくなる

通話料タダでも相手おりません

品格本読ませたい人読みません

人前で泣けぬ涙腺締め直す

もう下へ落ちる心配ない奈落

楽天のメールで知った誕生日

高級品八重九重の包み紙

割箸を断り少しエコ気分

殺虫剤ひと吹き蚤は死にません

行間にためらい傷のある手紙

詰め過ぎて災害リュック持ち出せぬ

良き友を少しのお金明日も晴れ

なりゆきに任せ戻らぬブーメラン

完熟の冬のトマトがうますぎる

生食用牡蠣をフライへ慎重派

筆跡を変えて告発文を書く

税金で図々しくも給付金

消費増税セットで配る給付金

蟻の列乱す砂糖のひとかけら

一日の始まり猫のポーズから

目分量貫きいつも違う味

九条に無理を詰め込み自衛隊

春が来た亀がゴトリと動きだす

集中砲火透明色でやり過ごす

言い負けてサンドバックが欲しくなり
この鯛も海の牧場育ちです
お役人四角な答え繰り返す

雨だろう猫が何度も顔洗う

靴下の片方が出る衣替え

間違っているが拳は下げられぬ

メール文乱れた文字になりませぬ
間の抜けたレモンを入れたままのティー
逆立ちをすれば知識がこぼれ出す

白桃が十二単で運ばれる

あの涙からしのせいにしておこう

順調に老いて白髪にしみとシワ

思い出は美しいままラッピング

現在と過去が交差の認知症

悪口を面と向かって言う勇気

慰めの言葉かさぶた剥がれ出す

札束が平行線を近づける

橋の下流れる桃を待ってます

出会い系サイト甘美な黒い罠

カマキリに出会えぬままに終わる夏

猛暑日に地竜の自死が止まらない

橋の下流されていた秘密基地
誤差なんてワッハッハーの花時計
嫌ですね国家戦略局なんて

亡き母に出会う知らない街の路地

普天間の根っ子に安保刺さってる

無駄洗い雑巾絞る仕分け人

人許す時に見上げるいわし雲

時の運味方に付けて吹くラッパ

ミサイル実験自分の国でやりなはれ

難民に届くと信じ義援金

軍服の記念写真は笑わない

美しい国何をいまさら仕事くれ

大国のエゴで進まぬ核廃棄
改革案ダムと道路は迂回する
安くとも倒れる家はいりません

献金にワイロのルビが振ってある
ハイテクに溺れ目視をないがしろ
一億円渡した側は覚えてる

Reiwa SENRYU Selection 250
Yamauchi Miyoko Senryu collection

第三章 綿帽子

靴下の穴が空気を和らげる

一人前減らしてしまうつまみ食い

手作りマフラーじわじわ首を締め付ける

バブル期はケチといわれたエコライフ

軽いなあ修正ペンを持ち歩く

弾まない会話別れはもう近い

電卓に訳のわからぬキー五つ

ヒロインの引き立て役に招かれる

頭文字秘密ありげの日記帳

どん底で育てた愛に嘘はない
百年に一度の雨が年に二度
殺生な舞い上がらせて取るハシゴ

病名は自己診断で五ツほど
待つことが苦手生煮え芋を食う
朝早い人と同室出来ません

同世代フォークソングで盛り上がる

一夜明けシフォンケーキがうなだれる

不用品一掃処分福袋

米軍の基地は母国へ返します
プラスチック分別させて燃やしてる
遠くとも歩けばいつか着くでしょう

近いうち六十五から余計者

納得はしてない「ハイ」の細い声

理科室で未来の外科医蛙裂く

好き嫌い言わず抱きつく豆の蔓

洗濯は止めにしようか朧月

出来の良い秘書だ親分庇い切る

巧妙な帳簿の穴に監査の眼
穴かがり糸で元気な返し縫い
綿帽子なんじゃもんじゃの花でした

綿菓子と一夜限りの夢を見る

嫌いから好きに変えます料理法

対象を広げて探す賛同者

どこだろう無言電話に雨の音

小包便許す気のない細結び

声掛けた相手が悪い糸絡む

新党は雨後の筍立ち枯れる

守宮セミねずみに鳩も食べる猫

藤の花開き藤棚知りました

斎場は白一色の花水木
真っ白になるため座るただ座る
純金を銅のメッキで偽装する

台所家電の声が騒がしい
地震国五十四墓もある不安
幸せは普通の暮らし思い知る

よくしゃべる相手と別れ偏頭痛

逃げ道を一つ用意し背中押す

気の合わぬ人と会うまい短い世

お金持ち核シェルターに備蓄品

防護服線量計がいる日本

新しいテレビの操作脳トレに

舞い降りた幸はしっかり離さない

過疎の町狙い原発交付金

年金を受給するまで死ねません

春に咲く疑いもせず種を蒔く
白線を無効覚悟で踏み越える
修正テープはがし本音を覗き見る

固いなあ本音隠した笑い顔

起爆剤小石を一つ投げいれる

春と秋端折りドカンと夏座る

天の神手加減なしに降らす雨
借り物の言葉大地に足つかぬ
オッケーの返事天まで舞い上がる

実力をつけた影武者母屋取る

謝罪文軽く感じる丸い文字

古文書の津波記述は侮れぬ

埋める場所決まらぬままの核のゴミ

甘口の批評裸の王にする

赤字国ハラハラ見てるギリシャ危機

Vサイン笑顔といつもワンセット

あきらめた頃に出てくる探し物

原子ムラ造語を作り事故隠し

高経年化ぶっちゃけますと老朽化

原発禍遠い未来も負の遺産

透明なガラスを嫌うはかりごと

吉兆か前を横切る黒い猫

伊勢海老の干物巣鴨で売っている

日の出からカラスの騒ぐゴミ出し日

大声の内緒の話喫茶店

無風ではなかった炎揺れている

逃げ言葉「大人になればわかります」

知らんぷり最上級の思いやり

カルテ見る医師の沈黙長すぎる

嫌われているかほどけぬ細結び

あとがき

新葉館の竹田さんからお電話があり、「令和川柳選書」への参加のお誘いを受けました。今年か来年くらいに「川柳句集」を自費出版しようとぼんやりと考えていたところでしたので、驚きつつも機会を与えてくださった事に感謝し、あとから来るであろう大変さも深く考えずにお受けしました。

川柳と出会ったのは平成十一年でした。体調を崩し、忙しい毎日から一転し、退屈な毎日になり、新聞や雑誌を読むようになり、文芸欄に短歌、俳句、川柳等の読者投稿欄があることを知りました。特に、旬の社会問題、政治問題を十七音で端的に表現する新聞の時事川柳に興味がわき、ＮＨＫの川柳の通信講座を受講していました。精神的にも肉体的にも辛い時期が続き、時事川柳もただ、眺めているだけの状態が続きました。二年後に川柳マガジンを知り、投稿を始め、同時に新聞等の時事川柳の投稿も始めました。その後、赤松ますみ様から川柳文学コロキュウムへのお誘いを受け、参加するようになり、両誌のお陰で川柳に色々なジャンルがあることを知り、川柳の幅が広がりました。好きな時に自由に書いて投句していた時事川柳とは違い、様々な課題に戸惑いつつも、定期的に作句が出来るようになっていきました。

外出も近場以外ほとんど出来ないので、完全に社会から取り残される感がありました。

投稿した川柳が活字になり、名前が載る。自分自身がこの世に存在している確認作業をしているようでした。特に、はじめの八年位は新聞の時事川柳にのめり込み、頻繁に投稿していました。

今回は、主に、川柳マガジンや川柳文学コロキュウム誌、新聞等に投稿された初期から平成二十六年までの作品の自選しました。編集の方針で三章仕立てとの事でしたが、テーマ毎に分類も出来ずに、どこで区切るのか難しく、おおまかに年代順に並べるだけになりました。順番に読んでいくと、当時の思いが甦り、まさしく、川柳による自分史であることに気づきました。肉体労働（整体業）であった為、仕事への復帰はかなわず、回復した頃に、また大きな問題が起こり、対応に追われ、体調を崩すという繰り返しで、現在に至るまで『低空飛行』を続けています。なんども休みながら、二十年近く川柳を作り続ける事が出来、句集まで発刊させていただけた事は喜びにたえません。支えてくださいました多くの方々に深く感謝し、御礼申し上げます。

二〇二三年一月吉日

山内美代子

●著者略歴

山内美代子(やまうち・みよこ)

昭和26年　名古屋市西区に生まれる
平成11年～平成27年　NHK川柳通信講座受講
平成14年～　中日新聞時事川柳に初投句
平成19年～　川柳文学コロキュウム同人

令和川柳選書

記憶の欠片

○

2023年 2 月19日　初　版

著　者
山 内 美 代 子

発行人
松　岡　恭　子

発行所
新 葉 館 出 版
大阪市東成区玉津1丁目9-16 4F　〒537-0023
TEL06-4259-3777㈹　FAX06-4259-3888
https://shinyokan.jp/

○

定価はカバーに表示してあります。

ISBN978-4-8237-1212-8